AF234476

ÉPIGRAMMES

FAITES

DANS UN BON DESSEIN.

Honni soit qui mal y pense.

1809.

AU LECTEUR.

J'ai entendu dire à M. Geoffroy, avec sa délicatesse ordinaire, qu'on ne lui lançoit point une *épigramme*, qu'elle ne lui valût un nouvel *abonnement :* c'est donc le servir à son gré, que de publier le contenu d'une petite feuille qui ne doit que tourner à son profit.

« Sois utile avant tout : c'est le devoir du sage. »

Anonyme.

ÉPIGRAMMES

FAITES DANS UN BON DESSEIN.

I.

AU CENSEUR UNIVERSEL.

Avec acharnement, dans ton humeur caustique,
Tu poursuis l'écrivain que tu vois chanceler ;
Te prêtant son flambeau, que t'a dit la Critique ?
— Pour l'intérêt de l'art, éclaire sans brûler.

II.

LA FORCE DE L'HABITUDE.

Au collége, jadis, et version et thême
(A ce que l'on m'a dit) lui furent familiers ;
Cet ex-régent, despote, et despote suprême,
Dans *ses maîtres* toujours croit voir *ses écoliers*.

III.

La soif du gain le pousse à la méchanceté ;
Guerre ouverte et sans fin, point de paix, nulle trève :
Les beautés d'un écrit sont mises de côté ;
Ses taches, seulement, voilà ce qu'il relève.

IV.

Le seul intérêt est sa loi ;
Dans un feuilleton mercenaire,
Instruit, mais de mauvaise foi,
Toujours il attaque Voltaire ;
Toujours son plus léger défaut
Vient allumer sa bile noire…..
D'un court *instant* risible assaut
Contre une *éternité* de gloire.

V.

— Ami, que penses-tu de monsieur Feuilleton ?
— Je pense qu'il pourroit avoir un meilleur ton.
— Prodigieusement cet *être-là* s'estime ;
— Eh, mais ! rien d'étonnant à l'orgueil qui l'anime :
Toujours la *petitesse* a trouvé son bonheur
Dans le soin qu'elle prend d'abaisser la *grandeur*.

VI.

RÉPONSE A CETTE QUESTION :

Vaut-il Fréron, sous lequel il a travaillé ?

Ce frondeur éternel et de vers et de prose,
Quand il vaudroit Fréron, ne vaudroit pas grand'chose.

(7)

VII.

Ah! qu'il faut peu, très-peu d'esprit, ne t'en déplaise,
Pour dire pesamment, à la fin d'un journal :
Voltaire est moins que rien ; cette actrice est mauvaise ;
Celui-ci chante faux ; cet autre danse mal......
Tu ne fais tort qu'à toi, détracteur phrénétique :
Le talent critiqué survit à la critique.

VIII.

Du mérite, en tout genre, il est l'antagoniste :
L'opprobre le poursuit.... il le poursuit en vain ;
Pourvu qu'il *boive*, *mange*, il va toujours son train,
Et fabrique un *journal* sans être *journaliste*.

IX.

LOURD AU MORAL COMME AU PHYSIQUE.

LAISSEZ-LE prodiguer à son aise l'injure,
Riez bien de le voir tomber sur un auteur ;
Jamais il ne pourra l'écraser, je vous jure,
Malgré toute sa pesanteur.

X.

À MADAME DESHOULIÈRES,

Sur la critique de son Idille des Moutons.

Vous avez votre tour, muse de Deshoulières !
D'un *pédant* qui jura de ne rien admirer,
Vous deviez recevoir aussi les *étrivières :*
Il n'aime les *moutons* que pour les dévorer.

XI.

SA FAMILIARITÉ INDÉCENTE.

J'ai vu l'effronté personnage,
De ses vils feuilletons ridiculement vain ;
Loin de cueillir, selon l'usage,
Baiser respectueux sur féminine main,
Venir grossièrement profaner le visage
D'une belle, dont l'œil lui prouva le dédain.
Le *pourceau* bien s'entend à *mordre* tout bon livre,
Mieux sait encor *goinfrer*, mais il ne sait pas *vivre*.

XII.

Nᵒ· COMMUNIQUÉ.

Tes articles dévots, en style non français,
Prouvent assez ce que tu voudrais faire ;
Mais tu ne parviendras jamais
A transporter le Parnasse au Calvaire.

XIII.

SUR SON COMMENTAIRE

Des œuvres de Racine.

— Ce chef-d'œuvre nouveau de la plume assassine
Est mis au jour enfin : le lirez-vous ! —Qui, moi !
Non, parbleu ; je m'en tiens à l'*or pur* de Racine,
Et laisse le *vil plomb* de l'impudent G.......

XIV.

SUR LE MOTIF DE RELIGION

Qu'il préta, antérieurement, à Racine pour avoir
abandonné le théâtre.

De Racine expliquant la pieuse retraite,
Tu dis : « Un bon chrétien vaut mieux qu'un grand poëte. »
Beau sentiment ! Mais quoi ! dans ta dévotion
    Devais-tu donc, comme à ton ordinaire,
        Tomber ensuite sur Voltaire,
    Et le traiter d'*intrigant*, d'*histrion ?*....
Je veux bien, un moment, être ton parodiste :
De ta retraite, allons, courage, occupe-toi,
Et que, pareillement, on dise de G....... :
« Un bon chrétien vaut mieux qu'un grand feuilletoniste. »

XV.

PALINODIE.

Utilité reconnue du Feuilleton.

Vos envieux, laissez, laissez-les dire,
Le feuilleton, oüi, vous nous le devez ;
Il est plaisant, il amuse, il fait rire ;
Chaque matin il sert.... où vous savez.

XVI.

SUR SES ÉLOGES

De Mlle. Georges du Théâtre-Fr.

Enfin sa rage s'affoiblit ;
Belle actrice le rend traitable :
Le *paillard* vient flairer son lit,
Mais le *goulu* n'a que sa table.

XVII.

Il est cité pour le plus grand des drôles ;
Mais montrez-lui seulement le bâton,
Vous le verrez, soudain, baisser le ton,
Et s'esquiver en serrant les épaules :
Onc ne naquit insolent dans les Gaules
Qui, par le dos, entendit mieux raison.

XVIII.

SON PORTRAIT, D'APRÈS NATURE.

Il a, ce lourd cyclope, avec l'air d'un bouvier,
    Les épaules d'un muletier ;
    Bâtons y pèsent moins qu'une once,
    L'*épigramme* lui fait du bien. (*)
    A le corriger qu'on renonce ;
    C'est un *cadavre* : il ne sent rien.

XIX.

ÉPITAPHE PROPHÉTIQUE

De tous les Feuilletons ficelés et fourrés dans le
*   coin d'une bibliothèque, à terre.*

Ci-gissent les arrêts de cet écrivassier
Dont l'éloge flétrit, dont la critique honore ;
Il doit un jour servir, ce gros tas de papier,
Jauni par la poussière et que le ver dévore,
    A la *beurrière*, à l'*épicier*,
    Au culte du Dieu-Pet encore, (**)

(*) *Voyez* l'avis au lecteur.
(**) *Voyez* le n°. XV.

XX.

ÉPITAPHE DE LUI-MÊME,

Faite d'avance.

Ci-Gît qui se moqua de tout,
Pourvu que l'argent fût au bout.

N. B. *Pour que cette épitaphe ne serve de long-tems, je prie
le ciel, en bon chrétien, d'écarter de M. G....... tout faiseur
d'épigrammes avec un autre instrument que celui de la plume.*

XXI.

TEL FRONT, TELLE COURONNE.

Le front de ce *jugeur*, qui, sans honte, griffonne
De misérables feuilletons,
Que j'aurois de plaisir à l'orner de chardons
Pour lui voir manger sa couronne !

XXII.

PLAINTE ET REMERCÎMENT DE L'AUTEUR.

Il m'a loué, j'en avois honte,
Mais, depuis, il m'a déchiré ;
Du changement je lui tiens compte :
Bravo ! le tort est réparé.

XXIII.

N°. COMMUNIQUÉ.

« On avoit trop vanté Piron ,

« Cet écrivain sans verve , sans génie ,

« Qui, poète un moment , fit la *Métromanie :*

« Cet ouvrage ecxepté , nous dit monsieur Griffon ,

Dans son doctoral feuilleton ,

« Tout ce qu'il a produit en outre ,

« N'a jamais obtenu les regards d'Apollon. »

— Et *l'ode à Priape* , jeanf.....!

XXIV.

SIX[*] VERS

Tirés de la Métromanie.

« QUE peut contre le roc une vague animée ?

« Hercule a-t-il péri sous l'effort du Pigmée ?

« L'Olympe voit en paix fumer le mont Etna ,

« Zoïle contre Homère en vain se déchaîna ;

« Et la palme du CID , malgré la même audace ,

« Croît et s'élève encore au sommet du Parnasse. »

PIRON , par ces six vers , d'un excellent aloi ,

Donne six coups de pied dans le c. de G......

XXV.

A MONSIEUR L... DE L........

Auteur d'un Poëme en trois chants, intitulé:
FOLLICULUS , *OU LA RAISON VENGÉE.*

NÉ pour contribuer à la gloire du Pinde ,
Généreux défenseur du mérite outragé ,
Tombe, nouveau *géant* , sur un *nain* qui se guinde :
Que *l'empire* qu'il souille en soit enfin purgé.

XXVI.

LE ROSSIGNOL , LE HIBOU ET LE COUCOU,

FABLE.

CE petit rossignol, je ne sais pas en quoi
On trouve tant sa voix harmonieuse !
Elle me semble , à moi ,
Fort ennuyeuse ,
Disoit, en l'écoutant, sur le bord de son trou ,
Un triste et maussade hibou
Dont la grimace était bouffonne.
De ses succès , comme vous je m'étonne ,
Mon voisin, ajoute un coucou,
Faisant trève un instant à son cri monotone;
Or, pendant l'entretien de ce couple railleur,
Le rossignol , merveille du bocage !
De son chant varié recueilloit tout l'honneur.
Critique impertinente est un nouveau suffrage.

XXVII.

LE CYGNE ET LES CANARDS,

AUTRE FABLE.

JALOUSE de l'éclat du majestueux cygne,
De canards une troupe indigne
Sur les bords d'un étang, loin de lui barbotoit,
Et dans sa criailleuse rage,
Faisoit jaillir la bourbe et l'en couvroit.
Qu'il étale à présent, dirent-ils, son plumage!
Le magnifique oiseau se plonge.... et se dressant,
A leurs regards trompés se montre éblouissant.
Cette fable, je crois, s'applique avec justesse
. A certains canards d'autre espèce :
Malgré tous leurs efforts, cygnes, pour vous noircir,
Ces petits insolens ne font que se salir.

9 782329 062198